Eberle

W0417540

Léopold Sédar Senghor

Sterne auf der Nacht deiner Haut

Léopold Sédar Senghor wurde 1906 in Joal im Senegal geboren. Er besuchte ein Internat der Katholischen Mission und wechselte 1923 auf das Gymnasium von Dakar. Mit einem Stipendium studierte er in Frankreich, unter anderem an der Sorbonne. 1940 geriet er als französischer Soldat in deutsche Kriegsgefangenschaft, 1942 wurde er wegen seines schlechten Gesundheitszustandes entlassen. 1960 wurde er zum ersten Präsidenten der unabhängigen Republik Senegal gewählt, dieses Amt behielt er 20 Jahre lang. 1984 erfolgte die Aufnahme in die Académie Française.

Für sein reiches literarisches und politisches Werk erhielt er zahlreiche internationale Auszeichnungen, darunter 1968 den Friedenspreis des Deutschen Buchhandels.

Michael Martin, 1963 in München geboren, bereist Afrika seit seinem 17. Lebensjahr. Die Vorträge mit Fotografien und Erlebnissen von den nahezu 40 oft monatelangen Reisen des Diplom-Geographen quer durch den Kontinent machten ihn zum im gesamten deutschsprachigen Raum geschätzten Diareferenten.

Sein Kalender »Kinder in Afrika« wurde mit dem Internationalen Kodak-Kalenderpreis ausgezeichnet.

Als Bildbände sind bisher erschienen:
»Sahara« (Marino-Verlag), »In Afrika« (Marino Verlag), »Naturwunder Ostafrika« und »Bilder aus Afrika« (Kajo Verlag).

Die Texte dieser Ausgabe wurden der Sammlung
»Botschaft und Anruf« entnommen.
Wir danken dem Carl Hanser Verlag, München, für die Genehmigung
zum Abdruck der Übersetzungen von Janheinz Jahn.
© Editions du Seuil, Paris

Text- und Bildauswahl: Ilija Trojanow und Max Chr. Graeff

Die Deutsche Bibliothek – CIP-Einheitsaufnahme

Sterne auf der Nacht deiner Haut / Léopold Sédar Senghor.
Aus dem Franz. von Janheinz Jahn. Mit Fotos von Michael Martin. –
Wuppertal: Hammer, 1994

ISBN 3-87294-631-5
NE: Senghor, Léopold Sédar; Martin, Michael; Jahn, Janheinz [Übers.]

© Léopold Sédar Senghor (Texte)
© Michael Martin (Fotos); Foto 8 Ulrich Waggershauser
Alle Rechte dieser Ausgabe beim Peter Hammer Verlag GmbH,
Wuppertal 1994
Lithoherstellung: Hilpert Repro, Essen
Gesamtherstellung: Satz und Druck Contzen, Lünen

Léopold Sédar Senghor

Sterne auf der Nacht deiner Haut

Aus dem Französischen von Janheinz Jahn
Fotografien von Michael Martin

PETER HAMMER VERLAG

Ich hab dir ein Lied gesponnen

für zwei Flöten

Ich hab dir ein Lied gesponnen, süß wie das Mittagsgurren der Taube
Und mein dreisaitiges Khalam hat mich dünn begleitet.
Ich hab dir ein Lied gewebt und du hast mich nicht gehört.
Ich hab dir wilde Blumen gereicht deren Duft geheimnisvoll ist
Wie die Augen des Zauberers
Und ihre Pracht so vielfältig wie die Dämmerung zu Sangomar.
Ich hab dir meine wilden Blumen gereicht.
Wirst du sie verwelken lassen
Während du mit den Eintagsfliegen spielst?

Pilgerfahrt über die Wanderstraßen

für drei Flöten

Pilgerfahrt für die Wanderstraßen, Reise zu den Quellen der Ahnen.
Leuchtend glatte Ebenholzflöte,
Durchdringe die Nebel meiner Erinnerung.
O Flöte, die Nebel sind Lendentücher vor ihrem Schlaf,
Vor ihrem ursprünglichen Antlitz.
O besinge das Urlicht, besinge die Stille welche
Den Elfenbeingong der Frühsonne kündet,
Erhellung auf meinem umwölkten Gedächtnis,
Auf ihren Zwillingshügeln,
Auf dem melodischen Schwung ihrer Wangen!
Im Frieden eines Affenbrotbaumes ließ ich mich nieder
Im Duft der Herden, im Duft wilden Honigs.
Die Sonne ihres Lächelns ringsum.
Und der Tau glitzerte auf dem Indigogras ihrer Lippen.
Kolibris, Blumen der Luft,
Durchstickten die unsägliche Anmut ihres Geplauders,
Eisvögel tauchten, urblau wetterleuchtend vor Freude in ihre Augen,
Auf rieselnden Reisfeldern flüsterten ihre Wimpern
Rhythmisch in der durchsichtigen Luft.
Und ich höre, o Glück, die Stunde welche zur weißen Mitte
Des Himmels emporsteigt den man beflaggt.
Bald stehen die Herden still und das Gurren der Turteltauben
Im Schatten des Mittags.
Ich aber muß mich erheben und meiner reinen Leidenschaft folgen.

Eine Hand aus Licht

für Flöten

Eine Hand aus Licht liebkoste meine Augenlider aus Nacht
Und dein Lächeln erhob sich über die Nebel die eintönig
Über meinen Kongo hinschwebten.
Mein Herz war dem reinen Gesang der Vögel der Frühe ein Echo –
So auch mein Blut nach dessen Rhythmus der weiße Gesang
Des Safts ins Gezweig meiner Arme stieg.
Sieh die Buschblume dort und den Stern in meinem Haar
Und das Band das die Stirn des athletischen Hirten umgürtet.
Ich will meine Flöte nehmen nach deren Rhythmus
Die Herden friedlich dahinziehn
Und den ganzen Tag im Schatten deiner Wimpern
An der Fimla-Quelle sitzend,
Will ich treu das blonde Gebrüll deiner Herden weiden.
Denn heut früh liebkoste eine Hand aus Licht
Meine Augenlider aus Nacht
Und den ganzen Tag über war mein Herz
Dem reinen Gesang der Vögel ein Echo.

Du hieltest lange

für Khalam

Du hieltest lange lange zwischen deinen Händen
Das schwarze Gesicht des Kriegers,
Als erhellte es schon ein tödlicher Abendschein.
Vom Hügel aus sah ich wie die Sonne in den Buchten
Deiner Augen unterging.
Wann werd ich mein Land wiedersehn,
Den reinen Horizont deines Gesichts?
Wann werde ich wieder am Tisch deiner dunklen Brüste sitzen?

Das Nest des süßen Geplauders liegt im Halbschatten.

Ich werde andere Himmel sehen und andere Augen,
Ich werde aus Quellen anderer Lippen trinken
Die frischer sind als Zitronen,
Ich werde unter den Dächern anderer Haare schlafen,
Geschützt vor den Stürmen.
Doch jedes Jahr wenn der Rum des Frühlings
Neu die Erinnerung entfacht
Beklage ich neu meine Heimat und den Regen deiner Augen
Über dem Durst der Savannen.

Ich hab dich begleitet

für Khalam

Ich hab dich begleitet bis an die Speicherhütten
Und bis an die Tore der Nacht
Und ich war ohne Worte vor dem goldenen Rätsel deines Lächelns.
Eine kurze Dämmerung fiel auf dein Gesicht, eine göttliche Laune.
Von der Höhe des Hügels, der Zuflucht des Lichts,
Sah ich wie dein Lendenschurz verlöschte
Und wie dein Kopfschmuck sonnengleich
In den Schatten der Reisfelder tauchte
Als der Schrecken mich ansprang,
Die Ahnenängste verräterischer als Panther,
Die der Geist nicht über den Taghorizont hinaustreiben kann.
Ist das nun die ewige Nacht oh! der Abschied ohne Kommwieder?
Ich werde weinen in der Finsternis
Der mütterlichen Höhlungen der Erde,
Ich werde schlafen im Schweigen meiner Tränen
Bis meine Stirn die milchige Frühe deiner Lippen streift.

Frühlingsgesang

für ein junges schwarzes Mädchen mit rosiger Ferse

Gewaschen steigen die Lieder der Vögel in den Frühhimmel
Steigt der grüne Grasduft-April!
Ich höre den Hauch der Frühe die weißen Wolken der Vorhänge rühren
Ich höre das Lied der Sonne auf meinen singenden Fensterläden
Ich spüre atemgleich die Erinnerung an Naëtt
Meinen nackten Nacken erregen
Und mein mitschuldig Blut, ob ich will oder nicht,
Flüstert schon wieder in meinen Adern.
Du bist es Freundin! O lausch dem schon warmen Hauch
Des April eines anderen Erdteils
O lausche wenn bläulich schimmernd die Flügel
Der Zugschwalben schwirren
Lausche dem weißen und schwarzen Rauschen an den
Ausgebreiteten Segelspitzen der Störche
Lausche der Frühlingsbotschaft anderer Zeit und anderen Erdteils
Lausche der Botschaft des fernen Afrika und dem Sang deines Bluts
Denn ich höre den Saft des April schon singen in deinen Adern.

Könnt ich ihr Herz

Könnt ich ihr Herz nur einholen wie ein Fischer auf flachem Strand,
Könnt ich ihr Herz nur einholen an der Nabelschnur.

Lang, lang war die Sehnsucht am Südtor –
Gebt kein Almosen meinem Stolz.
Wenn jauchze ich dem Metallschrei der Amseln entgegen,
Dem grollenden Schritt in den Wolken?

Das Brackwasser bin ich die Trockenzeit lang.
Keine Taube trinkt Liebe daraus.
Ich bin der laue Breiapfel den der Wurm der Trennung benagt.

Ich brauche nur meinen Namen zu grüßen auf dem weißen Flügel der Möwe
Und schon beruhige mit meiner Ambrahand
Ich den großen Stampfer in meiner Brust.

Schwarze Frau

Nackte Frau, schwarze Frau
Gekleidet in deine Farbe die Leben, in deine Form die Schönheit ist!
In deinem Schatten bin ich aufgewachsen, deine sanften Hände
Verbanden mir die Augen.
Und da entdecke ich dich im Herzen des Sommers, des Mittags, gelobtes Land,
Hoch von der Höhe versengten Passes
Und deine Schönheit trifft mich ins Herz wie der Blitz eines Adlers.

Nackte Frau, dunkle Frau
Reife Frucht mit festem Fleisch, düstere Ekstasen des schwarzen Weines,
Mund der meinen Mund zum Singen bringt,
Savanne mit klarer Ferne, Savanne du zitterst im feurigen Kosen des Ostwinds,
Geschnitztes Tam-Tam, gespanntes Tam-Tam, du tosest unter den Fingern des Siegers
Und deine schwere Altstimme ist der Festgesang der Geliebten.

Nackte Frau, dunkle Frau
Öl das kein Lufthauch kräuselt, stilles Öl auf athletischen Flanken,
Den Flanken der Fürsten von Mali,
Gazelle mit himmlischen Fesseln, die Perlen sind Sterne auf der Nacht deiner Haut,
Verzückte Spiele des Geistes sind die Reflexe von rotem Gold
Auf dem Glanz deiner Haut.
Im Schatten deiner Haare erhellt meine Angst sich, nah deinen Sonnenaugen.

Nackte Frau, schwarze Frau
Ich besinge deine vergängliche Schönheit, hefte die Form ins Ewige
Ehe das eifersüchtige Schicksal zu Asche dich macht
Um die Wurzeln des Lebens zu nähren.

Du raubtest also

für Flöten und Balafong

Du raubtest also dem rosa Flamingo die Anmut
Und der Schlanken die biegsame Eleganz.
Deine Wimpern nahmen die Stellung des Ewigen an auf dem Antlitz der Statuen
Doch schwebte um deine Maske der lichte Flügel der Möwe,
Dieses aufdringliche Lächeln als Leitmotiv deiner Gesichtsmelodie.
Als ein in hohem Hause geduldig geschliffener Diamant
Stellt mir dein Lächeln ein Rätsel, schwieriger aufzulösen als jene
Die verbündeten Fürste einander aufgaben.

Ich habe von Weisheit blühende weißhaarige Greise befragt
Ich fragte Kotye Barma und die Meister des Wissens
Ich fragte die Seher Benins auf der Heimreise wenn ihr Fleisch dünn ist
Ich fragte die Hohepriester der Poërer in den Staaten des Mogho-Naba
Ich fragte die Eingeweihten vom Mamangetye im Heiligtum der Schlangen.
Ihrer aller Antwort war Schweigen, bestürztes Dunkel in Augen und Ohren.

Ach Prinzessin, ich hab nur vergessen mein eigenes mauerdurchbohrendes
Herz zu befragen.
Denn dein ach so bewegliches Bollwerk hält ja dem Ansturm meines
Dyaliherzens nicht stand.

Sie flieht

für zwei Hörner und ein Balafong

Sie flieht, sie flieht über weiße Ebenen während geduldig ich anlege
In einem Verlangen vor dem mir schwindelt. Wählt sie den Busch der Spiele,
Weil sie Dornen und Dickicht liebt? So werd ich sie hetzen Stunde um Stunde
Und einziehn das süße Gekeuch ihrer schattengefleckten Flanken.
Im stumpfen hohen Mittag verrenke ich ihr die Arme aus Glas
Und das jubelnde Röcheln der Hindin macht mich trunken
Wie neuer Palmwein.
Und ich trinke lange langsam das wilde Blut das in ihr Herz zurückkehrt,
Das Milchblut das ihr ins Maul quillt und die Gerüche blutnasser Erde.

Bin ich denn nicht der Sohn von Dyogoy? Also der hungrige Löwe?

Joal

Joal!
Ich denke zurück.

Ich denke zurück an die Mulattinnen im grünen Schatten der Veranden
An die Mulattinnen mit überwirklichen Augen wie Mondschein auf dem Strand.

Ich denke zurück an die Pracht des Sonnenuntergangs
Daraus sich Kumba Ndofen seinen Königsmantel schneiden lassen wollte.

Ich denke zurück an die Totenfeste die dampften vom Blut der geschlachteten Herden,
Vom Lärm der Kämpfe und den Gesängen der Zauberer.

Ich denke zurück wie die heidnischen Stimmen das Tantum Ergo pochten
Und an die Umzüge und an die Palmen und an die Triumphbögen.

Ich denke zurück an den Tanz der mannbaren Mädchen,
An die Kampfchöre – o an den Schlußtanz der Jünglinge, schlank
Den Oberkörper geneigt, und an den reinen Liebesschrei der Frauen:
»Kor Siga!«

Ich denke zurück, ich denke zurück …
Und es klopft in meinem Kopf
Seinen müden Marsch die Tage Europas entlang wo manchmal
Ein verwaister Jazz auftaucht und schluchzt und schluchzt und schluchzt …

Nacht von Sin

Frau, leg deine Balsamhände auf meine Stirn, deine Hände, sanfter als Pelzwerk.
Über uns wiegen sich Palmen, die kaum noch rauschen
Im hohen Nachtwind. Nicht einmal das Lied der Amme.
Es möge uns wiegen, das rhythmische Schweigen.
Lauschen wir seinem Gesang, lauschen wir dem Gepoch unsres dunklen Blutes
Lauschen wir dem dumpfpochenden Pulsschlag Afrikas im Nebel verlorener Dörfer.

Und jetzt steigt müde der Mond herab in sein glattes Meerbett,
Jetzt schläft auch das Gelächter ein, selbst die Erzähler
Wackeln mit ihren Köpfen wie auf dem Rücken der Mutter das Kind.
Jetzt werden die Füße der Tänzer schwer und schwer die Sprache der Wechselgesänge.

Es ist die Stunde der Sterne, die Stunde der träumenden Nacht
Die auf den Wolkenhügel sich stützt in ihrem langen Lendentuch hell wie Milch.
Zärtlich leuchten die Dächer der Hütten. Was sagen sie so vertraulich den Sternen?
Drinnen erlischt der Herd in beißenden süßen Düften.
Frau, entzünde die Lampe von klarer Butter auf daß rings die Ahnen
Plaudern wie Eltern wenn die Kinder im Bett sind.
Lauschen wir den Stimmen der Alten Elissas. Sie haben, wie wir in Verbannung,
Nicht sterben wollen auf daß ihr Samenstrom sich nicht im Sand verlöre.
Lauschen will ich in der rauchigen Hütte welche der Widerschein gnädiger
Seelen besucht;
Den Kopf auf deiner Brust die glüht wie ein Kuskuskloß der dampfend
Vom Feuer kommt will ich den Duft unsrer Toten atmen,
Daß ich ihre Lebensstimme empfange und weitertrage und lerne
Zu leben ehe ich tiefer als jeder Taucher im Abgrund des Schlafs versinke.

Jenseits

für zwei Balafongs und einen Gorong

Jenseits der stinkenden Eingeweidesümpfe die Freiheit der Savanne,
Savanne, schwarz wie ich, Feuer des Tods der die Wieder-Geburt bewirkt,
Wieder-Geburt der Sinne und des Geistes.
Dann das weiße Gold des Sandes im Licht
Wo meine Begierden im reinen Erzittern,
Im glühenden Raum sich verzehren.
Möge in meinen willfährigen Ohren die Luftspiegelung von Oasen aufklingen
Möge mich die Versuchung der trockenen Nebel
Bestürmen die meine Treue vernichten wollen.
Ach! Möge das doppelte Balafong klingen! Die Weihtrommel dröhnen!
Und beschnitten besteh ich die Probe:
Die Blütenflammen von tausend Adéras
Werden mich die offenen Pfade entlangführen
Wie die Kerzen auf dem Wege zum Heiligtum,
Von neuem wird ihr Duft mich führen,
Der Duft des Gummis im Harmattan.

Besuch

Ich träume im engen Halbschatten eines Nachmittags.
Die Mühn des Tages kommen zu Besuch,
Die Verstorbenen des Jahres, die Erinnerungen dieses Jahrzehnts
Wie der Zug der Toten des Dorfs fern am Wattmeer entlang.
Es ist die gleiche Sonne, von Luftspiegelungen feucht,
Der gleiche Himmel, von verborgenen Kräften matt.
Es ist der Himmel den alle fürchten die den Toten etwas schulden.
Und plötzlich schreiten meine Toten auf mich zu…

Kongo

Woi für drei Koras und ein Balafong

Oho! Kongo oho! Um deinen Namen rhythmisch über die Wasser
Hinschallen zu lassen, über die Flüsse und über jede Erinnerung,
Will ich die Stimmen der Koras aufrufen. Schreibertinte ist ohne Erinnerung.

Oho, Kongo, ins Lager der Wälder gebettet, des gebändigten Afrika Herrscherin,
Hoch auf den Phallusbergen möge dein Banner wehen,
Denn du bist Weib durch meinen Kopf, meine Sprache, bist Weib durch meinen Leib,
Mutter von allem was Nüstern hat, von Krokodilen, Seekühen, Hippopotamen,
Von Fischen, von Vögeln, von Leguanen, Mutter der Hochwasser, Amme der Ernten:
Machtvolles Weib! Gewässer dem Ruder so offen, dem Kiel der Pirogen,
Meine Sao, meine Geliebte mit wilden Schenkeln und den
Langen Armen der Wasserrosen,
Kostbares Weib aus Uzugu, öliger Leib mit der Haut diamantener Nacht.

Stille reglos lächelnde Göttin über dem Wirbelschwung deines Bluts,
Sumpfgebettete deines Stammes, erlöse mich von dem Aufruhr in meinem Blut,
Tam-Tam du, du Tam-Tam – vom Sprung des Panthers
Wie von der Ameisen Kriegskunst,
Vom klebrigen Haß der aufstieg am dritten Tag aus dem Potopoto der Moore,
Ach und vor allem vom schwammigen Boden und von den
Seifigen Liedern des weißen Mannes!
Erlöse mich von der freudlosen Nacht, es lauert das Schweigen der Wälder.
Auf daß ich der blitzende Stamm sei der zwanzig Ellen voranschießt
Flink im Passatwind, die Schnelligkeit der Piroge ich sei
Auf dem glatten Schwung deines Leibes.
Die Lichtungen deiner Brüste sind Inseln der Liebe, Hügel von Ambra und Gongo,
Das Watt meiner Kindheit, das Watt von Joal, das Watt von Dyilor im September,
Die Nächte von Ermenonville im Herbst – das Wetter zu schön dort, zu mild.
Reine Blumen dein Haar, in deinem Mund weiße Blütenblätter
Vor allem das süße Neumondgeplauder bis in die Mitt-Nacht des Bluts.
Erlöse mich von der Nacht meines Bluts, denn es lautert das Schweigen der Wälder.

Geliebte an meiner Seite, dein Öl belehrt mir Seele und Hand,
Meine Kraft reckt sich auf in der Hingabe und meine Ehre in der Unterwerfung.
Und mein Wissen wächst wenn ich deinen Rhythmus erspüre – dessen Gewalt
Der Chorführer an die Bugspitze seines Geschlechts knote gleich dem
Stolzen Seekühejäger.
O klopft, ihr Schellen, o klopft, ihr Zungen, o klopft, ihr Ruder, den Rudererntanz!
Das Boot des Ruderführers ist würdig der Jubelchöre von Fadyutt
Und zweimal rufe ich zwei Trommelhände und vierzig Jungfraun
Um seine Taten zu preisen.
Klopft den rötlichen Pfeil, die Mittagsklaue der Sonne,
Klopft, ihr Kauriklappern, das Brausen der großen Gewässer,
Klopft den Tod auf dem Grad der Verzückung beim unwiderstehlichen
Ruf des Abgrunds.

Aber das Boot wird wiedergeboren werden aus den Wasserrosen der Gischt
Dahinschwimmen wird die Anmut des Bambus im klaren Morgen der Welt.

Der Kaya-Magan

Woi für die Kora

Kaya-Magan bin ich! Die erste Person
König der schwarzen Nacht, der Silbernacht, König der Glasnacht.
Weidet, meine Antilopen, vor Löwen geschützt
Die die Zaubergewalt meiner Stimme fernhält.
Euer Entzücken zieht glanzvoll über die Steppen des Schweigens.
Da seid ihr, täglich, meine Blumen, meine Sterne,
Da seid ihr, meinem Festschmaus zur Lust.
Weidet also, meine Euter der Fülle, und ich esse nicht,
Ich, der Spender der Freude,
Weidet, ihr vollen Brüste an meiner Männerbrust,
Weidet das leuchtende Milchgras ab meiner Brust.

Lasset allabendlich zwölftausend Sterne aufleuchten
Auf dem Hauptplatz
Macht zwölftausend meerschlangenumwundene Schalen
Heiß für meine Untertanen
Die so ehrfürchtig sind, für die Jungtiere aus meinen Lenden,
Für die Einwohner meines Hauses und für ihre Klienten
Die Gelowars der neun Tatas und die Dörfer im wilden Busch
Für alle die eintraten durch die vier Schnitztüren – für den Festzug
Meiner geduldigen Völker,
Deren Schritt sich verliert im Sand der Geschichte.
Für die Weißen aus Mitternacht, für die Neger des sanftblauen Südens.
Und ich zähle sie nicht, die Roten des Westens,
Noch die Überquerer des Flusses
Esset und schlaft, ihr Kinder aus meinem Saft,
Und lebt euer Leben der großen Tiefen
Und Friede senke sich auf die Alten. Ihr atmet durch meine Nüstern.

Ich sage ich bin Kaya-Magan, König des Mondes,
Ich eine die Nacht mit dem Tag
Fürst des Nordens und Südens bin ich, der Sonne die aufsteigt
Und der Sonne die sinkt.
Bin die Steppe, offen für tausend Brünste, die Gebärmutter
Wo die Edelmetalle verschmelzen.
Das rote Gold steigt daraus hervor und der rot-rote Mann
Zu meinem Entzücken
Der König des Goldes – er strahlt wie der Mittag
Und ist so weiblich sanft wie die Nacht.
Pickt also auf meiner gewölbten Stirn,
Ihr Vögel meiner Schlangenhaare.
Ihr nährt euch nicht nur von dunkler Milch,
Ihr pickt auch das Hirn des Weisen
Des Meisters der Hieroglyphen in seinem gläsernen Turm.

Weidet, ihr Jungtiere meiner Lenden, hier unter meinem Botenstab
Und meinem Mondhorn.
Ich bin der Büffel und spotte des Löwen und seiner
Bis in den Rachen geladenen Flinten.
Er wird sich wohl wappnen müssen im Geheg seiner Ringmauern.
Mein Reich ist das der Geächteten Cäsars,
Der großen Verbannten von Vernunft und Instinkt
Mein Reich ist das Reich der Liebe,
Und ich habe für dich eine Schwäche, Weib
Fremde mit den Lichtung-Augen, den Zimtapfel-Lippen
Und dem Geschlecht wie ein brennender Dornbusch.
Denn ich bin die beiden Flügel der Tür, bin Zweischlag des Raumes
Und der Dreischlag.
Denn ich bin der Schwung des Tam-Tams,
Die Kraft des Afrika der Zukunft.
Schlaft, Jungtiere meiner Lenden, schlaft unter meinem Mondhorn.

Die nicht da ist

Woi für drei Koras und ein Balafong

I

Mädchen mit grünen Kehlen, besingt nicht mehr euren Helden,
Besingt den Schlanken nicht mehr.
Denn ich bin nicht eure Ehre, noch der verwegene Löwe,
Der grüne Löwe, der Senegals Ehre brüllt.
Mein Kopf ist nicht aus Gold und hegt keine hohen Pläne.
Die Arme sind ohne Reifen und hier meine Hände sind nackt.
Ich bin kein Führer. Ich zog keine Furche, setzte kein Beispiel
Wie der Begründer
Die Stadt der vier Tore. Niemals sprach ich ein Wort
Das man in Stein haut.
Ich sag nur: ich bin der Dyali.

II

Mädchen mit langen Hälsen wie Schilfrohr, ich sag euch:
Besingt mir jene, die nicht da ist, die fortgegangene Fürstin.
Mein Ruhm prangt nicht auf Stelen, mein Ruhm prangt nicht auf Stein.
Mein Ruhm: ich besinge den Zauber von ihr, die nicht da ist,
Mein Ruhm: ich verzaubre den Zauber von ihr, die nicht da ist,
Mein Ruhm: ich besinge das Moos und das Haargras des Sandes,
Den Staub der Wogen, den Leib der Möwen, das Licht auf den Hügeln,
Alle vergeblichen Dinge unter der Worfelschwinge,
Alle vergeblichen Dinge im Wind und im Ruch aus dem Beinhaus.
Alle gebrechlichen Dinge im Lichte der Waffen,
Alle herrlichen Dinge im Glanz der Waffen,
Mein Ruhm: ich besinge die Schönheit von ihr die nicht da ist.

III

Es war eine Winternacht. Draußen reifte der Reif
Und drinnen die Leiber zu zweit beieinander
Und das Gepfeif der Schnellzüge riß mir lang durch das Herz
Wie der Biß von schneidenden Diamanten.
Ich weckte die Konkubinen rings um mich her.
Ach, der Schlaf ist so schwer und gestört wenn Flanken und Rücken
Wie die des Gekreuzigten sind.
Die Brust wird von Rätseln gequält und ich sterbe weil ich nicht sterbe
Und sterbe weil ich noch lebe während mein Herz nicht da ist.
Die Mädchen sprachen so sanft von ihr die nicht da war
Sie sangen im Schatten so sanft das Lied von ihr die nicht da war
Als wiegten sie ihren Säugling im braunen Fleisch
Ach käme nur wieder die Herrin von Saba,
Vom Flammbaum verkündet.
Weit her kommt die frohe Botschaft über die Hügel,
Die glühenden Pfade, mit weitgereisten Kamelen.
Sagt, wie muß meine Seele sich quälen weil sie nicht da ist,
Sie die nicht da ist.

Schwester

für Riti

»Schwester, was tun deine nächtlichen Finger auf meinen Lidern?«
»Errate nur ihren Takt und Klang!«

»O das ist nicht das wilde Tier, nicht der Büffel,
Noch sind es die dumpfen Pfoten des Dickhäuters,
Auch nicht das Lachen der kupfernen Reifen
An den Knöcheln der trägen Magd,
Weder die schlaftrunkenen Stößel,
Noch der Takt der Fronarbeit auf den Straßen.

Ach das Balafong ihrer Füße und das Gezwitscher der Milchvögel!
Die hohen Saiten der Koras, die feine Musik ihrer Hüften!
Der Klang des weißen Dromedars
Und das fürstliche Schreiten des Straußes.«

»Du hast also deine Herrin erkannt an der Musik meiner Finger
Auf deinen durchsichtigen Lidern?«
»Ich hab sie genannt, die Tochter des Arfang der Siga.«

Sie hetzt mich

für zwei Balafongs

Sie hetzt mich ohn Unterlaß durch das Dickicht der Zeit.
Mich verfolgt mein schwarzes Blut durch die Menge bis zu
Der Lichtung wo weiß die Nacht schläft.

Zuweilen dreh ich auf der Straße mich um und seh die Palme wieder
Lächeln im Passatwind.
Mit lispelndem Flügelschlag streift mich leicht ihre Stimme
Und ich sage:
»Es ist Signare!« Ich habe die Sonne untergehen sehen in den blauen
Augen einer blonden Negerin.
In Sèvres-Babylone oder Balangar hat ihr Ambra- und Gongoduft
Zu mir gesprochen.
Gestern beim Angelus in der Kirche strahlten ihre Kerzenaugen
Goldkäferfarben auf ihre Bronzehaut. Mein Gott! Mein Gott! Aber warum mir
Meine schreienden heidnischen Sinne ausreißen?
Ich kann deinen Choral ohne Swing weder singen noch tanzen.
Zuweilen sind eine Wolke, ein Schmetterling, ein paar Tropfen Regen
Auf dem Fenster meiner Langeweile.

Sie hetzt mich unterlaßlos durch die Räume der Zeit.
Mich verfolgt mein schwarzes Blut bis ins einsame Herz der Nacht.

Ach diese Straßen der Schlaflosigkeit

für Flöten und Balafong

Ach diese Straßen der Schlaflosigkeit, diese Mittagsstraßen,
Diese langen nächtlichen Straßen!
So lang bin ich zivilisiert und habe ihn noch nicht besänftigt,
Den weißen Gott des Schlafs.
Ich spreche seine Sprache wohl, doch mein Akzent ist barbarisch.
Die Finsternisse sind schwarz,
Die Skorpione des Weges sind sandfarben, nachtfarben,
Und Erstarrungswolken bedrücken die Brust mir
Wo Dickicht und Röcheln sprießen.

Nun ist da heut meine Schwester, die Brise, die mich besuchte in Joal
Zur Stunde da seltsame Vögel, Botschafter der Ahnen,
Den Tau des Abends besangen.
Die Erinnerung an dein Gesicht ist ausgespannt über meiner Brust,
Ein glühendes Zelt von Tagant,
Ein Gewölb das der blaue Wald deiner Haare umringt.
Dein Lächeln durchzieht meinen Himmel wie eine Milchstraße
Und die goldenen Bienen auf deinen Schattenwangen
Summen wie Sterne
Und das Kreuz des Südens funkelt auf deiner Kinnspitze
Und der Wagen funkelt rechts oben von deinem Stirnwinkel herab.
Und ich will die aufgestaute Lust hinausschreien
Welche mein Herz überschwemmt mehr als der Niger zur Regenzeit,
Sie hinausschreien laut zu den Tieren der Austerbäume: »Nanyo!«
Sie hinausschreien zu den Verlobten
Die auf der Matte des Strandes plaudern: »Nanyo!«

Und ich werde lang unter blauschwarzem Frieden ruhen,
Lange werde ich schlafen im Frieden von Joal
Bis der Engel der Frühe mich deinem Licht zurückgibt,
Deiner brutalen und grausamen Wirklichkeit, o Zivilisation!

Goldene Pforte

Ich habe mir meine Wohnung gewählt bei den wiedererbauten
Ringwällen der Erinnerung, hoch auf den Wällen
Erinnre ich mich an die Schattenstadt Joal,
An das Angesicht der Erde meines Geschlechtes.
Ich habe sie ausgewählt zwischen der Stadt und der Ebene, dort wo
Die Stadt sich der ersten Frische von Wäldern und Flüssen öffnet.
Ich traure den Dächern nach die am Ufer bluten,
Gewiegt von vertraulichen Hainen,
Ich dem das bescheidenste Taxi rollend das Herz kentern läßt
Wie auf hohen Atlantikwogen
Den eine einzige Zigarette schwanken läßt wie den Seemann
Auf dem Weg zum Hafen
Und der immer noch so schlecht wie der ferne Buschschüler sagt:
»Guten Tag, mein Fräulein … Wie geht es Ihnen?«

Den ganzen Tag über

Den ganzen Tag über auf den langen schmalen Geleisen
Diesem unbeugsamen Willen über dem schmachtenden Sand
Durch die Dürre von Cayor und Baol wo die Affenbrotbäume
Die Arme ringen vor Angst
Den ganzen Tag über, diese ganze Strecke entlang
An den kleinen gleichförmigen Bahnhöfen vorbei, den plappernden
Schwarzen Mädchen die aus der Schule kommen, den Vogelhäusern
Den ganzen Tag über hart geschüttelt auf den Bänken
Der schnaubenden staubigen klapprigen Eisenbahn
Will ich also Europa vergessen im ländlichen Herzen von Sin.

Sei nicht erstaunt

für Khalam

Sei nicht erstaunt, meine Freundin, wenn manchmal mein Sang sich verdunkelt,
Wenn ich das liebliche Schilfrohr vertausche mit dem Khalam und dem Tama
Und den grünen Duft der Reisfelder mit dem dumpfen Galopp der Tabalas.

Hör doch die Drohung der Wahrsager-Greise, die wütende Kanonade Gottes!
Ach! Vielleicht schweigt morgen für immer die Purpurstimme deines Dyali.
Deshalb wird mein Rhythmus so rasch, daß die Finger mir bluten auf dem Khalam.

Vielleicht, meine Freundin, werde ich morgen fallen oh auf einem
Unbefriedeten Boden,
Deine untergehenden Augen beklagend und das nebeldumpfe Tam-Tam
Ferner Mörser.
Und du wirst im Halbschatten klagen über die glühende Stimme die deine
Schwarze Schönheit besang.

Gebet an die Masken

Masken! O Masken!
Schwarze Maske, rote Maske, ihr schwarz-weißen Masken,
Masken in den vier Winden, aus denen der Geist weht,
Ich grüße euch schweigend!
Und dich nicht zuletzt, mein löwenköpfiger Ahn.
Ihr hütet diesen jeglichem Frauenlachen, jedem vergänglichen Lächeln
Verschlossenen Ort.
Von euch kommt die Luft der Ewigkeit her in der ich die Luft der Väter atme.
Ihr Masken mit maskenlosen Gesichtern, frei von Grübchen und frei von Runzeln
Ihr habt dies Bildnis zusammengefügt, dies mein Gesicht das sich hinbeugt
Auf den Altar aus weißem Papier.

Zusammengefügt nach eurem Bilde, hört mich an!
Jetzt da das Afrika der Reiche dahinstirbt – es ist der Todeskampf einer
Beklagenswerten Fürstin –
Gleichwie Europa dem wir verbunden sind durch den Nabel,
Richtet eure unbeweglichen Augen auf eure Kinder die man befehligt
Und die ihr Leben hingeben wie der Arme sein letztes Kleid
Daß wir einst hier rufen bei der Wiedergeburt der Welt
Als jene Hefe derer das weiße Mehl bedarf.

Denn wer sonst sollte die an Maschinen und an Kanonen gestorbene Welt den
Rhythmus lehren? Wer sollte denn sonst den Freudenschrei ausstoßen der Tote und
Waise bei neuer Dämmerung weckt? Sagt wer gäbe denn sonst den Menschen
Mit der zerfetzten Hoffnung das Lebensgedächtnis wieder
Sie nennen uns Menschen des Todes.
Doch sind wir die Menschen des Tanzes deren Füße nur Kraft gewinnen wenn sie
Den harten Boden klopfen.

Die Orte der Fotografien

1 Sonnenuntergang im Okavango-Delta, Botswana
2 Dünen in der Namib-Wüste, Namibia
3 Massai-Dorf im „Hochland der Riesenkrater", Tansania
4 Massai-Hirte am Fuß des Vulkans Ol Doinyo Lengai, Tansania
5 Moran-Krieger der Samburu, Kenia
6 Morgenstimmung in Opuwo, Namibia
7 Morgenstimmung im Ngorongoro-Krater, Tansania
8 Der Hafen von Lamu bei Ebbe, Kenia (Foto: Ulrich Waggershauser)
9 Massai-Frau in einem kleinen Laden in Chalinze, Tansania
10 Abendstimmung am Lake Victoria, Kenia
11 Samburu-Krieger, Kenia
12 Felsen im Damaraland, Namibia
13 Samburu-Dorf, Kenia
14 Morgenstimmung in der Namibwüste, Namibia
15 Mittagsruhe in Bilma, Niger
16 Abendstimmung am Lake Malawi, Tansania
17 Abendstimmung im Okavango-Delta, Botswana
18 Abendstimmung im Amboseli-Nationalpark, Kenia
19 Moran-Krieger der Samburu, Kenia
20 Blinde Männer in North Horr, Kenia
21 Auf dem Markt von Lamu, Kenia
22 In der Chalbi-Wüste, Kenia
23 Morgenstimmung an der Spitzkoppe, Namibia
24 Boran-Nomadin in North Horr, Kenia
25 Samburu-Nomade in der Mittagshitze, Kenia
26 Ersatzteil-Händler auf dem Markt von Kampala, Uganda
27 Das Naukluft-Gebirge, Namibia
28 Namibdünen bei Sonnenuntergang, Namibia
29 Himba-Nomadenfrau in Opuwo, Namibia
30 Abendstimmung im Kaokoveld, Namibia

Wort-Erläuterungen

Arfang der Siga: Arfang, Sohn der Siga (Frauenname).
Baol: ehemaliges Königreich in Senegambien zwischen Cayor und Sin.
Benin: altes Kulturzentrum und Königreich in Südnigerien. Die Seher Benins waren ob ihres Wissens weithin berühmt.
Cayor: ehemaliges Königreich in Senegambien, zwischen der Senegalmündung und dem Cap Verde.
Dyali: Troubadour des schwarzen Afrika, Dichter und Sänger.
Dyogoy: der Vorname von Senghors Vater. In der Serer-Sprache heißt Dyogoy »Löwe«.
Fadyutt: auch Fadiouth, ein Sererdorf, das an der Bucht von Joal dieser Stadt auf einer Insel gegenüberliegt.
Gelwar (oder *Gelowar):* Edler, Nachkomme der Mandingo-Eroberer.
Gongo: süßes Parfüm, das die Frauen Senegambiens verwenden.
Gorong: kurzes Tam-Tam mit schwerem Klang.
Joal: Küstenstadt Senegals, Geburtsort Senghors, war 1906 noch ein Dorf.
Kauri: Muschelart, die auch als Geld verwendet wurde.
Kaya-Magan: der Titel der Kaiser des alten Reiches Ghana.
Khalam (Xalam): eine Art dreisaitiger Gitarre, das in Senegal übliche Begleitinstrument zu Ode und Elegie.
Kor Siga: Ritter Sigas. Siga (Frauenname) ist eine der Ahnen Senghors.
Kora: eine Art Harfe mit 16 oder 32 Saiten. Der Dyali begleitet die große Ode oder das Preislied mit der Kora.
Kotye Barma: einer der alten Weisen, dessen Lehrsprüche in Senegambien berühmt sind.
Kumba Ndofen: letzter König von Sin. Nach seinem Tod (1925) wurde das Königreich Sin in die Kolonie Senegals eingegliedert.
Mamangetye: Meeresarm bei Joal, an dessen Ufer die Heiligtümer liegen.
Mogho-Naba: Kaiser der Mossi (Volta).
Nanyo: froher Ausruf, etwa »Horch!« vom Verbum *nan* (hören, verstehen), Wolof-Sprache, Senegal.
Sèvres-Babylone und *Balangar* sind Métro-Stationen in Paris.
Signare: Eine Signare, von portugiesisch *senhora,* ist im Senegal ein Mädchen oder eine Frau, zu deren Ehre der Wettkämpfer bei den traditionellen Kampfspielen antritt. Von Senghor auch als Name gebraucht.
Sin: Königreich der Serer. Zwischen dem Cap Verde und der Mündung des Salum. Heimat des Dichters in Seegambien.
Tabala: Kriegs-Tam-Tam
Tama: kleines Tam-Tam, das die Zauberer zur Begleitung von Preisliedern und Oden verwenden.